句集

枇杷

宮本秀峰
miyamoto shuho

文學の森

句集　枇杷／目次

冬木立　平成二十三年　5
金縷梅　平成二十四年　29
夏の雲　平成二十五年　51
新松子　平成二十六年　97
豊の秋　平成二十七年　143
あとがき　190

装丁　宿南勇

句集　枇杷

冬木立

平成二十三年

受験子の日毎無口になりにけり

背の嬰の指先にある春の虹

春一番緩む仁王の力瘤

震災に影を歪めて辛夷咲く

校長の髪に寝ぐせや春一番

叱られてゐる子に笑窪蝶の昼

もう少し生きるつもりの更衣

白日傘山門に来て畳みけり

まなかひに鳥海山を据ゑ大青田

筍を送り一句を賜はりぬ

舗装路に蚯蚓ぬたくる余震なほ

天平の瓜実顔や沙羅の花

団扇風うはさ話を拡げをり

風鈴に受賞の一句吊しけり

髪型も変へマネキンの更衣

古簾にがき昭和の透けて見ゆ

散華して風の木となる百日紅

「空」の文字多き写経や汗涼し

腕白な子らの坐禅に蟬しぐれ

過疎の村出る若者のサングラス

後の世の幽かに透けて古簾

みんみんに鳴かれ写経の筆を置く

秋扇や聞かぬ振りして聴いてをり

走り根の太さに惑ふ秋の蛇

新涼やするりと朝の茹で玉子

弥陀仏の背に翅たたむ秋の蝶

出不精の独りの午後に小鳥来る

ときめきし胸に挿されし赤い羽根

これほどの大穭田に鷺一羽
鵙猛り己が谺に怯えけり

白壁に影の息づく秋の蝶

辻褄の合はぬ談議や夜長の灯

かなかなに鳴かれ明日の米を磨ぐ

唐辛子独り住ひに曲り癖

男らしさ女らしさの冬木立

塗箸の朱に逃げたがる寒海鼠

葉を落とし本音で語る余生訓

一斉に諸仏まばたく冬の雷

雪国の空の青さを畏れけり

人並みにせかせかせかと年用意

難聴に四温の雨の音拾ふ

鱈まつり神楽の子らの撥捌き

初夢や迷子になりし妻さがす

心経を唱へて展く初み空

金縷梅

平成二十四年

春疾風独り言まで持ち去りぬ

捨てし田に痘痕ふやして雪解村

鳥海山の雪解の爺さま種をまく
リハビリの試歩の明るさ春の雨

公園の芽吹きの中の指定席
金縷梅の黄の解れくるヴィヴァルディー

さへづりの程よき距離に坐禅石

古九谷の絵皿に落花紛れ込み

孫に貰ふバレンタインのチョコレート

啓蟄や僧の好みの竹箒

天空の花畑より春の雪

夏の雨傘にショパンのワルツ聴く

老僧の箒にはげし夏落葉
砂を掻き集め少年の夏終る

 金縷梅

源流は鳥海山にあり冷し瓜

修験者の頤濡らす岩清水

姿見に嘘はつけない薔薇のとげ

咲ききって溜息洩らす薔薇の渦

般若会の転読の風涼しかり

拝殿へ磴百段の夏木立

朝顔を指に数へて登校す

遠山に放り上げたる夏の月

両の掌に闇を掬ひて盆踊り

新米に水の加減のメモを添へ

人と居ても独りの時間昼の虫

案山子展日露首脳の睨み合ひ

柿すだれ独り暮しの意地つ張り

疼く膝まあるく撫でて冬に入る

養生訓諳んじてゐる冬日向

大袈裟な午報や痩せる村の冬

白鳥の首の品格競ひけり

意地っ張りの昭和一桁雪を掻く

鱘の耀語尾尖らせて浜言葉

冬ざれや僧のつむりにも剃り傷

枯野径心澄むまで歩きけり

なまはげの胡坐どつかり酒ねだる

なまはげの吠えて藁稭こぼしけり

禅堂にぴりりと辛い淑気かな

夏の雲

平成二十五年

痩せてゆく村に万朶の朝桜

寝たきりの妻春眠の夢の中

独りには広すぎる家春炬燵

五線譜に音符を並べ初音かな

さざ波や予定なき日の残り鴨

春愁を引きずり妻の忌を修す

卒塔婆の梵字浮き立つ野の雪解

さへづりの空に禅堂開け放つ

句帳にはＢの鉛筆花疲れ

けん玉のとんとん弾む春の雪

びりの子に貰ふ拍手や風光る

初蝶や肩の高さに来て親し

春泥の乾きし靴の軽さかな

少子化の村置きざりに鳥帰る

春うらら恋とはちがふ物思ひ
揚がるまで駄々を捏ねてる奴凧

帯に差す扇子が槍に盃に

夏立つや松に風鳴る九十九島

真つ新な風吹き渡る大植田
指先に祭りの囃子持ち帰る

濁世より四肢はみ出してゐる昼寝

独り言おのれに聞かせ夕端居

城門に藩主の家紋花は葉に

牧牛のどの眼にも夏の雲

阿羅漢の肋あらはに暑を払ふ

自在鉤吊られしままや夏座敷

隠しごと曝け出してる滝の前

Ｂ型の父のやうです夏の雲

唖蟬も入れ神苑の蟬しぐれ

有耶無耶の関跡嶮し青胡桃

大西瓜赤子をあやすやうに抱く

言ひ過ぎしことは扇子にたたみけり

饒舌は長寿の秘訣夕端居

彩りの薬を並べ暑を払ふ

天空は片側通行夏つばめ

持て成しは月山の風夏の坊

難問の解けてロダンの肘涼し

鉄線花見て居ながらの長電話

南風吹く糶場に荒き浜言葉

人住まぬ家に表札濃紫陽花

風鈴の余韻の風に目覚めけり

羅を着て晩年を丸くする

浄土へと還る静けさ夏落葉

足跡は波が消し去り夏終る

日傘よりはみ出してゐる立話

自分史に余白を残し夏果つる

目を瞑り叱ることなどなき晩夏
足るを知る心は未だ夕端居

夏雲や海に昭和の不発弾

神宿る羽黒の森や夏の霧

竿燈の闇の力を借りて立つ

廃船の艫綱ゆるみ秋寂びぬ

覚悟して残暑の法衣纏ひけり

久々の子らの歓声村祭り

気兼ねなく諍ひもなく落とし水

難聴の奥にも心耳虫しぐれ

父と子の会話の継ぎ目秋しぐれ

駆け出して園児ら鳥となる花野

老ゆる身のための心経花木槿

案山子展みんな主役の顔をして

露坐仏の結ぶ印相秋澄めり

廃校に残る鉄棒新松子

通草蔓引いて昭和を手繰り寄す

貼り終へし障子を過る鳥の影

掃き寄せて香り濃くする落葉かな

漬けごろは曲り具合で干大根

先生と呼ばれて僧の冬帽子

この村に泣く児は居らず虎落笛

今生はもう振り返らずに冬帽子

陽を恋うて腹式呼吸冬の蜂

くしやくしやが似合ふ晩年冬帽子

雪吊りに雪降ることの安堵かな

虎落笛つぎの言葉を探しをり

鱈汁に猫舌鼓打ちにけり

冬帽子目深に宝くじを買ふ

少年のやうな目をして雪だるま

潔く過ごす余生に枇杷咲けり

雪掻いて昭和の意地の息づかひ

北塞ぐ板目の荒き海士の村

冬帽子被り小さな旅ごころ

小春日や石の一つが指定席

男鹿半島ぐらり傾け鰤舟

なまはげの藁稭貰ひ厄落とす

獅子舞の口開くとき人の顔

しきたりは朱塗りの椀の雑煮餅

法螺の音も途切れ途切れに荒梵天

新松子

平成二十六年

花便り二円切手を貼り足して
晩年の弱音を春の庭に吐く

 新松子

しやぼん玉まあるくなつて爆ぜにけり

うたた寝に跡形もなし春の雪

花ふぶき浴びつつ老いを深めけり

目で物を言ふ晩年や春眠し

靴の紐結び直して春の野に

春愁や五体の怠さ持ち歩く

飾られし雛に微かな息づかひ

春の夜や第二楽章もう一度

山峡に残る一戸の桜かな

木の芽和へ夕餉に揃ふ三世代

廃校と決り母校の夕桜

伝説の夜泣き椿の乱れ咲き

終生を七分に咲かせ水中花

独り言増えし晩年余花の径

瘦せる村繋ぐ代田の水明り

五線譜を飛び出してゐる行々子

起き抜けの身の鬱晴らす遠郭公

養生訓語る晩年花は葉に

フルートの波長調ひ青田風

山の子に山の空あり夏燕

少年の日のひもじさやすぐりの実

夏波や背は粗削り磨崖仏

見もしない六法全書曝書かな

ジーパンの洗ひ晒しに酷暑来る

夏つばめ保育園にもある静寂

誉められもせず十薬の花白し

露坐仏に紅の天蓋さるすべり

遠き日の山河に透けてすぐりの実

網戸して風柔らかくなりにけり

難聴の耳に遠のく祭笛

夏まつり法被の稚児の厚化粧

緑さす露月山廬の椽一樹

遠き日の教育勅語黴臭し

青田波午後には変はる風の向き

蕉翁の越えし関跡落とし文

山門に阿吽の仁王合歓咲けり

 新松子

ふる里の山河の目覚め初郭公

方丈の簾を巻けば九十九島

紫陽花の白ばかりなり過疎の村

猛暑来てぐらり傾くピカソの絵

 新松子

サングラス外し濁世を明るくす

記念碑に校歌涼しく閉校す

関跡の石みな丸し木下闇

竿燈の肩から腰にきて据る

竿燈や男結びの帯白し

竿燈の果てて星座のめぐり出す

鳥海山の雲の軽さやけさの秋

受け継ぎし端縫衣裳の盆踊り

顔見知りだけの賑はひ村祭り

廃屋の奥の暗がり乱れ萩

名刹の甍の反りや新松子

鐘楼にぶら下がつてる秋の声

禅苑の箒目潔し新松子

思惟仏の思惟の目差し新松子

廃屋への径を鎖して猫じゃらし

残暑なほ旅の終りの不整脈

いささかの風にも零る芋の露

蜩や巫女が乙女に戻るとき

月山の風が風呼ぶ大稲田

鳥海山の見ゆる高さに秋簾

指折つて句を練る媼秋うらら

老いざまはそれぞれにあり花木槿

揺り椅子の独りの午後に小鳥来る

紅蓮尼の悲話に息づく秋の蝶

草原の風余さずに稲熟るる

晩年のはかなき夢や菊枕

大冬木わが晩年の支へとし

寒夕焼名の消えさうな村染める

 新松子

独り居の影ふくらます白障子

短日や句読点なきメール来る

薄ら陽に彩を尽くして石蕗の花

梟の啼く晩年の早寝かな

小春日を使ひ果たして眠くなり

痩せる村いつも短調虎落笛

針箱に母の名のあり針供養
年用意老いし分だけ手抜きして

噎して昨日の嘘を恥ぢてをり

荒縄の化粧結びや鱈まつり

寝そびれて座五の決らぬ霜夜かな

この家に生まれて育つ大氷柱

着ぶくれて一言居士として生きる

梵天を納め一気に茶碗酒

農捨てし子も来て担ぐ梵天祭

豊の秋

平成二十七年

冴返りつつ遠くなる昭和かな

字余りの句を懐に青き踏む

料峭の朝餉に好む生卵

陽炎や見えぬ余生の揺れてをり

花冷えや軋む寺廊の荒木目

ヒヤシンス濃きむらさきは母の色

ネクタイを解く指先の花疲れ

鳥海山の機嫌良き日の朝桜

廃校の虚《から》のぶらんこ揺れ止まず

恋人の頃の妻への花便り

昭和の日貧乏揺すり続きをり

舵棒の欲しき笹舟春の夢

手を振らぬさよならもあり鳥雲に

雲水の青きつむりや夏来る

薔薇嗅いで前頭葉をくすぐれり

名刹の閑けさに降る竹落葉

夏燕目覚めの早き海士の村

亡き妻をうかと呼びけり昼寝覚

青田風名の消えさうな村繋ぐ

今年より音色の若き祭笛

恩師逝くころりと零す枇杷の種

夏の雲崩れてもなほ夏の雲

雨の日は雨の明るさ濃紫陽花

いささかの風にも応へ古風鈴

住み馴れし濁世に戻る昼寝覚

独り居の大きな胡坐冷奴

遠き日の子らはふんどし海開き

猛暑来て地球にもある反抗期

古風鈴鳥海山の風独り占め

城門の甍に辷る夏落葉

軒低き城下の村や夏つばめ

提灯に藩主の家紋城涼し

一村を見守る鯱に青葉光

曲屋に木馬嘶く青あらし

甲冑に武者の体臭堂薄暑

藩政の栄華の舞ひか夏の蝶

蜘蛛の囲を揺らし何やらはかりごと

昼寝には北も南もなき枕

晩年の椅子は切株夏木立

唇を濡らし出を待つ祭笛

ラムネ玉鳴らし昭和を遠くする

廃船の錆を濃くして夏の海

少年の日の擦り傷や青胡桃

青葉木菟痩せゆく村の闇に鳴く

山霧に行者の法螺のくぐもれり

妻の亡き日々にも慣れて夏燕

客去りし後の広さや夏座敷

少年に短き夏の果てにけり

街騒は他人事なり蓮の花

鳥海山へ祭りの座敷開け放つ

ただ歩くだけの養生けさの秋

終戦日息整へて黙禱す

玉音を聴きし昭和の残暑光

爽やかや老々介護の車椅子

鶺鴒に目覚めの早き神の山

朝顔や一年生の居ない村

鳥海山の裏も表もなき九月

大いなる鳥海山の風豊の秋

晩鐘の音のくぐもり露しとど
挨拶の語尾弾ませて小鳥来る

念ずればほろほろ零る花八ッ手

鬼やんま三人だけのかくれんぼ

三山はみな神の山豊の秋

農継がぬ子も畦に立つ豊の秋

独りには殊更赤し曼珠沙華

縁側の余生の椅子や小鳥来る

鳥海山の風余さずに蕎麦の花

リハビリのじゃんけんぽんに小鳥来る

牧牛の重たき乳房風は秋

修験者の白装束や霧襖

石庭の石に息づく秋の蝶

秋澄むや千体地蔵に千の微笑

枇杷咲くや晩年にもある片想ひ

伝承の子ども神楽の赤だすき

三世代賄ふ軒の干大根

妻在りし日の明るさや枇杷咲けり

良寛の仮名風花となる静寂

重ね着の重さに老いを深めけり

八十路にも遊び心の小春かな

古釘の位置そのままに注連飾る

寒夕焼硬き十指を解しけり

人住まぬ家に棲みつく虎落笛

なまはげの置き去りし闇生臭し

なまはげの来るぞ来るぞと子を諭す

なまはげの足の裏まで酔うてをり

心経の二百余文字の筆始め

筆太の兜太の御句初暦

梵天を納め寡默の漢衆

句集　枇杷　畢

あとがき

この句集は『花木槿』『百日紅』に続く私の第三句集である。平成二十三年から平成二十七年まで五年間の作品の中から三百四十句を自選したものである。

早いもので第二句集『百日紅』から五年が過ぎ、この間の歩みを振り返ってみるつもりで句集にまとめてみた。

私は、周りが竹林をはじめさまざまな樹木に囲まれた田舎の禅寺に住んでいる。境内には、三名木と自称している百日紅、枇杷、榧の老木があり、その中でも枇杷は私の最も好きな木である。

この枇杷の木は、私が子どものころに父が植えたもので、あれから七十年位にはなるだろうと思う。寒さに弱いはずの枇杷なのにこの地に育ち、今では幹の周りが百センチにもなり堂々たる木に成長している。寒さの厳しい二月ごろに花をつけ、芳香を放ち、そして初夏に見事な実をつけてくれる。種は大きくて実は少ないがなんともいえない上品な味がする。

また、枇杷はお釈迦様の時代から薬効があると言われ、香を嗅いだり、手に触れたり、舌で嘗めたりして病を治したと伝えられている。ちょうどこの句集を編むために作品を整理していたころが花の盛りであった。作品と向き合いながら自室の窓から眺めていると、私と共に歩んできた長い年月を思い起こし、懐かしさと同時に改めて元気づけられた。そんなことでこの度の第三句集を『枇杷』とした所以である。

私は常々、人生はまさに「日々是出会い」であると言ってきた。人や大自然との出会いの中での喜怒哀楽そのものが五感に触れ、そこからの感情が作品の生まれる原点であると思っている。二度とない「今」を凝視し、生きている証しとしてこれからも詠み続けようと思っている。

終わりに、刊行に際し、温かい助言をいただきご協力をいただきました「文學の森」の皆様に心から感謝申し上げる次第です。

平成二十八年四月

宮本秀峰

著者略歴

宮本秀峰（みやもと・しゅうほう）　本名　秀孝

昭和９年　秋田県にかほ市生まれ
昭和32年　秋田大学卒業
昭和32年～平成７年（38年間）
　　　　　小中学校勤務、校長を最後に定年退職
昭和36年～平成23年（50年間）
　　　　　曹洞宗「秀泉寺」住職、現在は東堂

句　　歴

昭和45年　俳句を始める
昭和52年　「寒雷」入会
平成５年　現代俳句協会会員
平成19年　「寒雷」同人
平成24年　にかほ市芸術文化協会功労賞、栄光賞
平成26年　国民文化祭（秋田県）俳句部門企画運営委員長

現　　在　秋田県現代俳句協会副会長、秋田県俳句懇話会幹事
　　　　　にかほ市芸術文化協会学識理事
　　　　　「あぜみち句会」「松露句会」「潮騒句会」常任講師

句　　集　『花木槿』（文學の森／平成18年）
　　　　　『百日紅』（文學の森／平成23年）

現 住 所　〒018 - 0433　秋田県にかほ市畑字石畑 14
電話・FAX　0184 - 37 - 2313

句集

枇《び》杷《わ》

発　行　平成二十八年七月九日
著　者　宮本秀峰
発行者　大山基利
発行所　株式会社　文學の森
〒一六九-〇〇七五
東京都新宿区高田馬場二-一-二　田島ビル八階
tel 03-5292-9188　fax 03-5292-9199
e-mail mori@bungak.com
ホームページ http://www.bungak.com
印刷・製本　竹田　登

ISBN978-4-86438-548-0　C0092